POËME

SUR LA MORT

DE

L'IMPÉRATRICE-REINE

MARIE-THÉRÈSE

D'AUTRICHE.

Par M. DE ROCHEFORT, *de l'Académie Royale des Inscriptions & Belles-Lettres.*

A PARIS,

DE L'IMPRIMERIE ROYALE.

M. DCCLXXXI

POËME.

BRILLANTES fictions, trop féduifans menfonges,
O vous de qui long-temps j'ai chéri les vains fonges,
Pourquoi m'offrir encor vos trompeufes couleurs !
Votre art ne peut fuffire à peindre mes douleurs.
En vain vous uniriez à mes récits funèbres
Les traits les plus fameux des Rois les plus célèbres,
Mon cœur ne veut d'autre art que la fincérité.
Je n'implore que vous puiffante Vérité,
Prêtez à mes difcours confondus dans mes larmes
Ce touchant intérêt qui préfide à vos charmes.

    CELLE qui par les mœurs a fait régner les Loix,
Celle qui fut long-temps l'exemple des bons Rois,
L'amour de fes fujets, l'ornement de la terre,
L'adorable THÉRÈSE a fini fa carrière.
Hélas ! . . . . . mais qu'ai-je dit ! de fes glorieux jours
Quel deftin rigoureux a pu finir le cours !
Non, THÉRÈSE refpire & fon ame immortelle
Dans tout ce qu'elle a fait vit encore après elle.
Suprême Ordonnateur du deftin des États,
Arbitre de la paix, Arbitre des combats,
J'ofe vous attefter ! quand votre bienfaifance
Voulut à nos regards fignaler fa préfence,
Aviez-vous enfanté ce miracle nouveau

Pour l'engloutir un jour dans le fond d'un tombeau!
THÉRÈSE n'eſt point morte, elle vit, & l'Hiſtoire
Veut ainſi que ſon ame éterniſer ſa gloire,
Et déjà dédaignant & le marbre & l'airain,
Dans nos cœurs attendris enfonce ſon burin.
Je la vois, déployant ſes Annales célèbres,
Tirer mille hauts faits de la nuit des ténèbres;
Du règne de THÉRÈSE écrire les travaux,
Et donner des leçons à cent Rois ſes rivaux.
Mais où ſont-ils ces Rois formés par l'infortune,
Qui mépriſant l'éclat d'une vertu commune,
Au-deſſus de leur rang qu'ils ſavent dédaigner,
Apprennent à ſouffrir pour apprendre à régner!
Dans les champs de Preſbourg qu'ils ſuivent leur modèle,
THÉRÈSE les attend & ma voix les appelle.

    FILLE d'un Empereur, Roi de puiſſans États,
Elle avoit vu ſon Père expirer dans ſes bras;
A peine ſa tendreſſe en recueilloit la cendre,
De la guerre déjà la voix s'eſt fait entendre;
La Diſcorde s'éveille, & fait de toutes parts
Retentir les clairons, flotter les étendards.
L'Empire veut un Chef, & cet auguſte Trône
Qui tient de ſes égaux l'éclat qui l'environne,
Qui ſoumet dix Rivaux au pouvoir qu'il leur doit,
Et leur prête à ſon tour l'appui qu'il en reçoit;

Ce Trône antique & faint leur demandoit un Maître;
Le Bavarois s'avance, il eft digne de l'être,
Il l'eft; la Politique, un bandeau fur les yeux,
Fait ce choix démenti par les arrêts des Cieux.

   THÉRÈSE cependant au tombeau de fon père
Confacroit le tribut de fa douleur amère;
Son cœur ne connoît plus les charmes du repos,
Le jour eft fans clarté, la nuit eft fans pavots;
Elle eft près d'expirer au tombeau qu'elle embraffe.
Le Ciel voit en pitié le fort qui la menace;
Il commande au Sommeil de charmer fes douleurs:
Le Sommeil obéit, & pour fécher fes pleurs,
Un Songe s'élançant des demeures céleftes,
Defcend; ce n'étoit point de ces fonges funeftes
Qui fortant à grands cris des fépulcres ouverts,
Marchent environnés de foudres & d'éclairs;
Il s'avance pareil à cette clarté pure
Dont l'aube d'un beau jour embellit la Nature.

   « TES douleurs ont affez honoré mon tombeau,
» Préfente à l'Univers un fpectacle nouveau;
» Ma fille, éveille-toi, deviens par ton courage
» La gloire de ton fexe & l'honneur de notre âge.
» En vain pour t'accabler, un Héros, un grand Roi,
» L'immortel Frédéric s'eft armé contre toi.
» La France en vain le fuit. Malheureux l'un & l'autre,

» De quitter leurs États pour défoler le nôtre !
» Heureux, lorfque laffés de fe voir combattus,
» Ils viendront à tes pieds encenfer tes vertus,
» Chercher ton amitié, briguer ton alliance !
» C'eft de toi que naîtront les beaux jours de la France.
» Une Fille formée en tes flancs généreux,
» Règnera quelque jour fur fes peuples heureux ;
» Par tes leçons inftruite à marcher fur tes traces,
» Elle aura ta bonté, ta douceur & tes grâces.
» Pour hâter ces momens, feule ici contre tous,
» Au rang d'un Empereur élève ton Époux. »
 A i n s i parla le Songe, & T h é r è s e attendrie,
Reconnoît dans fes traits une image chérie ;
C'eft fon Père ; c'eft lui, qui la vient confoler.
Elle lui tend les bras, elle veut lui parler,
Sa voix héfite & meurt, & fa main incertaine
Dans le vague des airs pourfuit une ombre vaine.
Le Songe difparoît & le Sommeil s'enfuit.
L'Aurore avoit blanchi les voiles de la nuit,
T h é r è s e ouvre les yeux, & croit entendre encore
Cette touchante voix d'un Père qu'elle adore,
De fon erreur bientôt fes fens font détrompés,
Et dans fon défefpoir, les yeux de pleurs trempés,
Elle embraffe l'Enfant qui repofe auprès d'elle.
 « I m a g e d'un Époux, cher à mon cœur fidèle,

» Toi pour qui feul encor je fupporte le jour,

» Mon fils, qu'efpères-tu des vœux de mon amour !

» Hélas ! & que peut-il en attendre lui-même !

» Que puis-je pour ce Roi qu'on eftime & qu'on aime,

» Quand fes hautes vertus ne peuvent rien pour lui ! »

Elle parle & le Ciel s'en déclare l'appui.

     Il eft dans l'Univers un bienfaifant Génie,

Qui des divers États entretient l'harmonie ;

Qui dicta leurs traités, qui leur donna des loix ;

Qui des Gouvernemens fut établir les droits,

Qui, pour les garantir par de fortes barrières,

Creufa le vafte lit des profondes rivières,

Enchaîna cent pays par cent monts différens,

Et fit fouvent pâlir l'orgueil des Conquérans :

Il s'élance & des airs franchit la vafte plaine,

Vole aux bords du Danube, aux remparts de Vienne.

Il prend du vieux Palfy la ftature & la voix,

Palfy ce noble Chef des fuperbes Hongrois.

Il arrive au Palais, & couvert d'une nue,

Il franchit les détours d'une fecrette iffue,

Pénètre le réduit que, près d'un noir cercueil

Thérèse rempliffoit de fanglots & de deuil.

     » Grande Reine, dit-il, féchez vos juftes larmes ;

» Que votre défefpoir fe taife au bruit des armes.

» Le Ciel vous quitte enfin d'un funèbre devoir,

» Pour fauver vos États vos pleurs font fans pouvoir.
» Voyez cet Aigle altier *(a)* des Légions Romaines
» Guider les bataillons qui ravagent vos plaines,
» Voyez tous ces guerriers de la Seine & du Rhin,
» A l'Empire, fans vous, donner un Souverain.
» Combien ils rougiront de cette erreur fatale !
» Combien la France un jour doit chérir fa Rivale !
» Mais ces momens fi doux pour nos cœurs alarmés,
» Dans l'obfcur avenir font encore enfermés ;
» Trop heureux le mortel qui doit les faire éclore !
» Que de torrens de fang doivent couler encore ! . . . .
» Fuyez ; attendez-vous qu'on vous vienne arracher
» Cet Enfant où votre œil fe plaît à s'attacher ?
» Songez-vous, en dépit de fes jeunes années,
» Que le Ciel à fes jours a joint nos deftinées !
» Que cet Enfant fi cher, careffé dans vos bras,
» A l'immortalité doit marcher fur vos pas !
» Pour conferver fes jours, précipitez fa fuite ;
» Venez & de la guerre embraffez la conduite.
» Reine de vos Sujets, devenez-en le Roi,
» Enflammez leur amour & ranimez leur foi ;
» Suivez-moi, paroiffez, les Hongrois vous attendent,

(a) Allufion aux Enfeignes que le Roi de Pruffe fit porter devant fon Armée.

» Que leurs cœurs foient les murs, les tours qui vous défendent.
» Vainement vos Aïeux osèrent outrager
» Ces fuperbes efprits qu'il falloit ménager;
» De la Religion les antiques querelles
» Ont forcé ces Guerriers à devenir rébelles;
» Mais pour vaincre leurs cœurs il fuffit de vos yeux;
» Oui, pour concilier les intérêts des Cieux,
» Le zèle de l'honneur, l'amour de la Patrie,
» Il fuffit d'un regard de leur Reine chérie.
» Paroiffez. » Il achève, & THÉRÈSE à ces mots
  Sentit naître en fon cœur la flamme des Héros;
  Ses yeux, long-temps couverts d'un nuage funefte,
  Ont repris leur éclat, brillent d'un feu célefte;
  Seulement, quand l'afpeĉt d'un Fils aimable & cher
  Rappelle à fa tendreffe un fouvenir amer,
  La douleur fur fon front femble régner encore
  Comme un léger brouillard qui fait pâlir l'aurore.
  LE Génie auffitôt s'avance vers ce Fils:
« Tendre Héritier, dit-il, d'un nom que je chéris,
» Je voue à votre Race une amour immortelle.
» Rien ne pourra jamais intimider mon zèle;
» J'en attefte à vos pieds le fang de vos Aïeux.
» Je vois déjà leur flamme éclater dans vos yeux.
» C'eft peu de recueillir un immenfe héritage;
» Votre ame & votre efprit mûriront avant l'âge;

» Vous apprendrez bientôt qu'au faîte des grandeurs,

» Un Roi n'eſt vraiment Roi, qu'en régnant ſur les cœurs.

» Il ſuffit que votre ame à cet honneur aſpire,

» Vous verrez tout céder à votre aimable Empire ;

» Vous aurez pour régner deux grands titres de plus:

» La gloire d'une Mère & vos propres vertus. »

    Il dit, & dans ſes bras qu'agite ſa tendreſſe,

Il prend ce jeune Enfant, l'embraſſe, le careſſe,

Et l'Enfant, animé par un feu tout divin,

Sourit à ce Vieillard qui le preſſe en ſon ſein.

Mais bientôt, dépouillé de ſa forme mortelle,

Le Génie embraſé s'élève ſur ſon aile;

Il fuit & dans les airs laiſſe éteindre ſes feux,

Vers les remparts de Lintz porte un vol ténébreux,

Sur les chefs des François verſe un épais nuage

Et, faſcinant leurs yeux, égare leur courage.

Déjà, loin de l'Iſter qu'ils avoient fait pâlir,

Dans les remparts de Prague ils vont s'enſevelir

Juſqu'au temps qu'un Héros *(b)*, triomphant des obſtacles,

Viendra des Héros Grecs effacer les miracles,

Et, par un art ſavant des vainqueurs envié,

Franchir le piége où Mars croyoit l'avoir lié.

(b) Tout le monde connoît la belle retraite du Maréchal de Belle-Iſle en 1742.

L A   R E I N E cependant, tranquille & raſſurée,
S'avançoit à grands pas vers la riche contrée
Où des Huns redoutés l'altière Nation
Garde de ſes Aïeux & la gloire & le nom.
T H É R È S E a dans ſes bras l'unique Eſpoir du Trône,
De ſes amis en pleurs la troupe l'environne;
La prompte Renommée a devancé ſes pas:
La Reine arrive & voit, du ſein de ſes États,
Au bruit de ſes malheurs, brûlans d'un nouveau zèle,
Mille vaillans Guerriers voler au-devant d'Elle.
Cependant ſur leur front de vieux reſſentimens
Se montroient même encore en ces derniers momens;
Mais l'aſpect de T H É R È S E éclaircit ce nuage:
« A M I S , dont j'ai long-temps éprouvé le courage,
» Trahie, abandonnée & preſque ſans ſecours,
» Je viens de cet Enfant vous confier les jours;
» Je connois vos vertus & mon cœur eſt tranquille;
» C'eſt le fils de vos Rois qui demande un aſyle,
» C'eſt ſa mère qui vient, fuyant entre vos bras,
» Vous offrir ſon courage & chercher des Soldats;
» Je fuis, mais près de vous mon heureuſe retraite
» Annonce mon triomphe & non pas ma défaite. »
E L L E   D I T , & déjà ces ſuperbes Hongrois
Par des cris généreux répondent à ſa voix,
Quand ſoudain à ſes yeux un vieillard ſe préſente;

C'eſt Palfy, ſa fierté, ſa démarche peſante,
Son front chauve & ridé, long-temps ceint de lauriers,
Il vient, donnant l'exemple à tous ces vieux Guerriers,
Baiſer avec reſpect les genoux de ſon Maître.
Le jeune Enfant ſourit, paroît le reconnoître,
Lui tend les bras; ſoudain, auſſi prompts que l'éclair
Les ſabres des Hongrois étincellent dans l'air;
On n'entend que des cris de guerre & de vengeance.
Le Ciel avec leurs vœux paroît d'intelligence;
De ce Monarque enfant la naïve bonté
Eſt un préſage heureux à leur cœur enchanté.
Dans les airs ébranlés mille cris ſe confondent.
Le Danube & la Save à leurs clameurs répondent.
De ces bords ſi fameux, en Guerriers ſi féconds,
Sortent de toutes parts d'effrayans eſcadrons; *(c)*
Tels on peint tout ſanglans, fiers & bouillans d'audace,
Les Compagnons de Mars dans les champs de la Thrace.
La mort vole auprès d'eux, l'épouvante les ſuit;
Belle-Iſle les a vus & lui-même en frémit.

CEPENDANT le Génie, auteur de ces miracles,
Dans le grand Frédéric trouve encor des obſtacles;
Las d'eſſayer en vain de le glacer d'effroi,
Par des raiſons d'État *(d)* il captive ce Roi,

(c) Les Croates, les Talpaches, les Pandours.
(d) Traité de Breſlaw entre les deux Couronnes.

Qui, bientôt dégagé de ſes trop foibles chaînes,
Va de la Moravie enſanglanter les plaines.
Le Génie effrayé d'un ſi puiſſant rival,
Court du fier Bavarois trancher le fil fatal.
La Diſcorde en pâlit, la France eſt conſternée.
THÉRÈSE veut enfin braver la deſtinée.
Vers les rives du Mein où triomphoit la Mort,
Intrépide, Elle marche aux remparts de Francfort.
François vole avec Elle, & le Dieu qui les guide
Les couvre tous les deux d'une invincible Égide.
Elle vient, le front ceint de ſon royal bandeau,
Donner à l'Univers un ſpectacle nouveau;
Avec ſon digne Époux partage ſa Couronne,
Élève pour ce Prince un plus auguſte Trône,
L'y place; & confondant tous ſes Rivaux jaloux,
Le proclame Empereur, & tombe à ſes genoux.
Le Mein en retentit. L'allégreſſe publique,
Fait de mille clameurs un concert magnifique.
C'eſt le concert touchant des ames & des voix
De cent Peuples heureux, qui béniſſent leurs Rois.
Ils dreſſent à l'envi la plus ſuperbe Fête.
Le Fleuve pour la voir a ſoulevé ſa tête:
Mille fanaux brillans enlacés dans les airs,
Forment des deux Époux mille emblèmes divers.
L'un peint en traits de feu ſon amour pour ſes Maîtres;

L'autre, du fier Lorrain la gloire & les ancêtres :
Là, l'Autriche expirante a repris ſes attraits :
Là, THÉRÈSE en Héros tend les bras vers la Paix.
La Fête eſt commencée & le clairon réſonne.
Auſſitôt dans les airs s'élève une colonne
Du bienfaiſant Génie illuſtre monument ;
Elle tient à la Terre, & touche au Firmament.
Sur ſon brillant contour l'œil ſurpris voit paroître
Le paſſé, le préſent & tout ce qui doit être.
Spectacle intéreſſant, inſtructif, immortel,
Digne des grands pinceaux de l'Artiſte éternel.
Au-deſſus de la Crainte, au-deſſus de l'Envie ,
Il peint également & la Mort & la Vie :
Il ne craint point d'offrir à d'auguſtes regards ,
De longs crêpes de deuil ſur le front des Céſars.
Par ces hautes leçons qu'il grave en leur mémoire ,
Des Héros qu'il protège, il prépare la gloire.

On voyoit au milieu d'un immenſe Tableau ,
Un Aigle repoſant ſur le dernier rameau
D'un palmier qui couvroit de ſa tige fleurie,
L'Allemagne , & la France & l'antique Heſpérie.
Une Femme ou plutôt une Divinité,
Noble & majeſtueuſe avec ſimplicité,
Aux pieds de ce palmier, aſſiſe ſous ſon ombre,
De ſes Adorateurs voit accroître le nombre ;

La Juftice auprès d'elle, épanchoit de fes mains
Les biens & les faveurs qui flattent les Humains.
Les préjugés du rang n'entroient point en balance. *(e)*
On pefoit le mérite, on jugeoit la vaillance :
Deux Héros *(f)* à fes pieds en lui jurant leur foi,
Lui portoient les débris des palmes d'un grand Roi.
On voit à fes genoux de puiffantes Provinces. *(g)*
Verfer, non les tributs que l'on paye à fes Princes,
Mais ces préfens flatteurs, & ces libres moiffons
Que l'amour des Sujets cueille en des champs féconds.
Le Laboureur content vient adorer fa Reine.
Le Commerce renaît devant fa Souveraine.
Le Guerrier fatisfait voit au lit de la mort,
THÉRÈSE l'affifter & pleurer fur fon fort.
L'étiquette s'enfuit & la dignité refte.
Mars a vu réparer fon ravage funefte,
Et le Soldat, fans craindre un rigoureux cenfeur,
Des plaifirs de l'Hymen a goûté la douceur.
Il eft heureux ; tandis que fa Reine adorée
De la mort d'un époux languiffoit éplorée,
S'enfermoit dans fa tombe, embraffoit fon cercueil,

(e) L'Ordre de Marie-Thérèfe, inftitué en 1757.
(f) Les Généraux Dawn & Louhdon.
(g) Contribution volontaire de la Hongrie.

Donnoit les jours au Trône, & les nuits à ſon deuil.
Ah! ſi.... puiſſant Génie éloigne ces alarmes,
Que de regrets un jour acquitteront ſes larmes!...
Veuve d'un tendre époux, Mère de ſes Sujets,
Son cœur s'eſt conſolé par de nouveaux bienfaits.
Que de Rois à ſes pieds s'empreſſent de ſe rendre!
Sur combien de pays ſa bonté va s'étendre!
Qui mieux que les François en ont cueilli les fruits!
Qui les a mieux goûtés que le cœur de Louis!
Heureuſe d'être Reine, heureuſe d'être Mère,
Elle vit du bonheur qu'elle a fait ſur la terre;
Un Temple eſt préparé... Mais quel nuage affreux
A troublé ſes regards élevés vers les Cieux!
Quelle triſte pâleur a couvert ſon viſage!
Pourquoi nous tracez-vous cette cruelle image!
Divin Génie, o vous, dont les puiſſans ſecours
Pour le bonheur du Monde ont veillé ſur ſes jours:
Voulez-vous que ſa mort, aux portes de ce Temple,
Soit ainſi que ſa vie un immortel exemple!
Avec quel front ſerein & noble ſans orgueil
On la voit ordonner ſa tombe & ſon cercueil!
Préparer de ſa main les vêtemens funèbres
Qui couvriront ſon corps en ce lieu de ténèbres!
Son cœur eſt attendri; mais la Religion
Vole & vient lui porter ſa conſolation,

Fait briller de ce cœur la bonté maternelle,
Prête à sa voix mourante une grâce nouvelle;
Et sitôt que Thérèse en des Écrits secrets
D'une ame incomparable a mis les derniers traits,
L'enlève dans un char tout brillant de lumière,
Et laisse derrière elle une immense carrière.
Sa Famille est en pleurs. Dans ces tristes momens
Le Monde entier paroît peuplé de ses Enfans,
Et la Ville & la Cour, & les Champs & l'Armée:
Oui, ces nobles soutiens de l'Autriche alarmée,
Ces Chefs & ces Soldats couverts de ses lauriers,
Sont tous de sa Famille, ils sont ses Héritiers. *(h)*
Mais pour sécher les pleurs qu'elle leur fait répandre,
Son fils l'olive en main, promet de la leur rendre.

A peine le Génie eut aux yeux des Humains
Achevé l'Édifice élevé par ses mains,
Le monument s'écroule & s'abîme à leur vue;
On s'étonne, on gémit de sa chute imprévue;
Mais du Génie heureux les soins consolateurs,
Remplissent de ses traits l'ame des Spectateurs.
Je crois les voir, je crois voir cette auguste scène
Se reproduire encore aux rives de la Seine.

(h) L'Impératrice-Reine, dans son testament, a laissé à son Armée un mois de paye.

Ce n'eſt point une erreur qui charme ici mes ſens.
J'entends, parmi le bruit des lugubres accens,
Vers le palais des Rois, la foule qui s'empreſſe
S'écrier, « Dieu puiſſant, devant qui tout s'abaiſſe,
» Tu nous aimes encor, tes bienfaiſans décrets
» Ont commencé déjà d'adoucir nos regrets.
» De l'objet qui n'eſt plus, une vivante image
» Des peuples attendris s'eſt aſſuré l'hommage.
» C'eſt toi qui la formas pour verſer dans nos cœurs,
» Avec tous tes bienfaits, l'oubli de tes rigueurs.

F I N.